《百家字谜》编辑委员会

主 编：苏剑

编 委：武骝、蔡芳、黄全来、熊辉、苏颖、顾斌、王刚

● 学生灯谜读物 ●
百家字谜·第一辑

# 汪寿林
## 字谜300

胡文明／编

中州古籍出版社
·郑州·

## 图书在版编目（CIP）数据

汪寿林字谜 300 / 胡文明编 . — 郑州：中州古籍出版社，2021.3

（百家字谜 . 第一辑）

ISBN 978-7-5348-9549-4

Ⅰ . ①汪…　Ⅱ . ①胡…　Ⅲ . ①谜语 — 汇编 — 中国　Ⅳ . ① I277.8

中国版本图书馆 CIP 数据核字（2021）第 015699

**出 版 社**：中州古籍出版社
（地址：河南省郑州市郑东新区祥盛街 27 号 6 层　邮政编码：450016）
**发行单位**：新华书店
**承印单位**：陕西隆昌印刷有限公司
**开　　本**：889mm×1194mm　　1/48
**总 印 张**：28
**总 字 数**：600 千字
**版　　次**：2021 年 3 月第 1 版
**印　　次**：2021 年 3 月第 1 次印刷

总定价：120.00 元（全套 10 册）
本书如有印装质量问题，由承印厂负责调换

# 作者简介

汪寿林,1939年生,江苏苏州人,工艺美术师,中国民间文艺家协会会员,我国当代著名灯谜艺术家。谜号"虎翁""三万文虎富翁""虎痴"等。汪寿林先生自幼喜好猜灯谜,1957年加入苏州市职工灯谜研究组,1982年在《文化娱乐》杂志社举办的"谜坛点将台"全国票选中,位居五位"全国最佳谜手"之列,并荣获"中华佳谜手"称号;1989年出任中央电视台春节联欢晚会灯谜擂台赛评委。历任苏州市职工灯谜研究会、苏州市谜学会副会长、会长、名誉会长等职。

汪寿林从谜60年,业余时间长期从事灯谜创作,并进行灯谜史和灯谜理论的研究,作品散见于全国各地报纸杂志,获奖达40余次;主编《灯谜大观园》,合著《开启谜宫的钥匙》等书。著有《汪寿林灯谜作品集》(中州古籍出版社出版)。他的"字谜二十四法"及"字谜创作四要素",在灯谜界产生了深远影响。因善于创作离合体灯谜,享有"灯谜拆字大师"之誉称。

# 序 言

## 苏 剑

汉字是中国文化标志性的符号,是记录汉语语言的文字,距今已有六千年左右的历史。汉字集音、形、义于一体,以其独特的美感和魅力卓立于世界各民族文字之林。古往今来,人们融合运用汉字音、形、义的灵性和特质,以特殊的思维方式诠释汉字、演绎汉字,创造出灯谜这种独特的中华民族传统文化形式。

灯谜题材包罗万象,无所不及,而所有灯谜都含有字谜的元素,可以说都是构建在字谜基础之上的。字谜在灯谜的"大家族"中虽形微体小,却是人们公认的"万谜之源"。字谜是最简易的灯谜,也是最灵活的灯谜要素,是学习猜制灯谜的基础。兹长安文虎社编纂出版《百家字谜》丛书,也是为发扬传承中华传统优秀文化而做的一件大有裨益的普及性事情。

20世纪80年代以来,是灯谜创作最为

活跃的时期,字谜创作也空前繁荣,尤其是字谜创作的手法有了开拓性的发展,表现形式更加多姿多彩,字谜作品数量亦蔚为大观。《百家字谜》丛书第一辑就是这个时期字谜艺术的结晶,是世纪之交海内外字谜创作的缩影,基本上代表了当代字谜创作的领先水平,反映出当代字谜创作的整体概貌。

《百家字谜》丛书是系统介绍当代灯谜名家字谜精品的系列丛书,"百家"入选者均为当代在字谜创作方面有突出成就或字谜艺术精湛的谜家。《百家字谜》丛书第一辑,共选编了10位谜家的字谜作品,可谓"臻臻至至,洋洋洒洒"。首批入选的10位谜家中,有已故灯谜泰斗柯国臻、字谜专家黄穆灿、台湾名宿吴学平,有德艺双馨的老一辈著名谜家郑百川、汪寿林,有承前启后的灯谜名家武骝、蔡芳等,也有近几年在字谜创作方面成绩显著的苏剑、章镳、熊辉等人。他们的字谜作品自成风格,各具特色,或古朴典雅,或清新自然,或白描写意,或灵巧奇趣,呈现出"百花齐放"的字谜艺术图景。

翻开《百家字谜》丛书,弘扬主旋律、突出正能量的灯谜作品俯拾皆是。例如:"织杼半融读书声（字）纾""教育后辈当尽孝（字）辙""寸土不丢保村庄（字）床""异地犹存故国心（字）域"以及"点滴改革见成果（字）单""和田名品，中国声誉（字）玉"，还有"四风之中奢为先（字）爽""为政不为民，民弃速罢之（字）整""奉献点点滴滴，赢得无上荣光（字）桃"等；再如："半掩浣花子美居（字）蒲""阳春晚景四方同，泊堤鹊影处处见（字）日"，等等。这些大手笔表现出了多样化的字谜之美。这些汉字和字谜的完美结合，让人感受到其无穷的艺术魅力。细细品读，在字形上能引起人们美妙而大胆的联想；在字音上能激发人们的兴趣，引起人们的共鸣；在字义上能增强或激发人们热爱中华民族文化的情感。汉字是字谜之源，字谜为汉字平添了新的文化内涵，丰富了汉字的艺术空间。

《百家字谜》丛书定位为普及型读物，可作为开展校园灯谜活动的读本，供中小学生和青少年爱好者学习猜制字谜借鉴之用。这套丛书，每个单行本由"作品精选"与"作品赏析"两部分组成。"作品精选"部分，选谜难易兼顾，雅俗共赏，每条谜都作了简注、解析，适合中小学生无障碍阅读。"作品赏析"部分，选取20—30条字谜代表作，邀请名家撰写评析短文，解读精华，激活亮点，启迪创作思路，有助于字谜猜制的普及和提高。

吾爱谜数年，又喜字谜创作，此次跻身其中，汗颜不已，自当是近距离学习前辈灯谜艺术造诣的绝佳良机，不敢懈怠。惟愿方家和读者打开《百家字谜》丛书这扇览胜之窗，尽情欣赏一窗美景、四面青山。纷呈的字谜精品，炼意传神，曲尽其妙，让你应接不暇；精妙的字谜赏析，酣畅淋漓，旨趣所归，让你品味称奇。步入这方园地，受各种典型谜法的浸濡熏陶，会让你起点更高、起步更实、起飞更快。《百家字谜》，带你跨进奇异的灯谜世界。

是为序。

2019年5月于西安白桦林居

# 目 录

## 作品精选

少笔画字 ·············································· 003

5画字 ················································· 005

6画字 ················································· 007

7画字 ················································· 012

8画字 ················································· 016

9画字 ················································· 021

10画字 ················································ 027

11画字 ················································ 037

12画字 ················································ 046

13画字 ················································ 053

14画字 ················································ 059

15画字 ················································ 063

多笔画字 ············································· 067

## 作品赏析

书信写千言,搁笔待伊音(少笔画字)一

................................................ 敖耀寰/赏析  077

人之言,不可信;言旁人,要简明(少笔画字)认

................................................ 郭　忠/赏析  078

阳春晚景四方同,泊堤鹄影处处见(少笔画字)日

................................................ 杨耀学/赏析  079

旧邑古庵归原主(5画字)邝 ……  杨耀学/赏析  081

和田名品,中国声誉(5画字)玉

................................................ 王绍宽/赏析  083

面貌似二九,背影八〇后;并非新一代,人人喊
他舅(5画字)旧……………  邱茂文/赏析  085

缺点一多千万改(6画字)仿 …  胡文明/赏析  086

少女冬装美如画(6画字)囡 …  单鑫华/赏析  088

先留吕布是陈宫,后扣吕布乃操也(7画字)宋

................................................ 杨耀学/赏析  089

猜谜离三尺,在旁别说话,园外走一圈,对着近
处想(7画字)远……………  陈志强/赏析  090

点滴改革见成果(8画字)单 …  杨耀学/赏析  092

明月当空人尽仰(8画字)昂 …  单鑫华/赏析  093

此人生得美丽,出言十分客气,心怀喜怒哀乐,
创立安定秩序(8画字)青 ……  胡文明/赏析  094

声声乐声传凯歌（9画字）胜 …… 杨耀学/赏析 096

跟随王能父，能多学拆字（10画字）釜

…………………………………… 杨耀学/赏析 097

舍南舍北皆春水（11画字）混 …… 王钦振/赏析 099

有了恳切心，还需主动点（11画字）琅

…………………………………… 敖耀寰/赏析 100

多少心血得一言（12画字）谧 …… 蔡 芳/赏析 101

汇出一笔，其余结清（12画字）湛

…………………………………… 胡文明/赏析 103

环环必扣紧，个个不落空（13画字）瑟

…………………………………… 敖耀寰/赏析 104

吟安一个字，捻断数茎须（13画字）颔

…………………………………… 王钦振/赏析 105

听装东西，一月过期（15画字）嘶

…………………………………… 敖耀寰/赏析 106

毒品，染上容易；害人，只要远离（多笔画字）豁

…………………………………… 陈志强/赏析 107

后 记 ………………………………………… 109

作品精选

## 少笔画字

书信写千言,搁笔待伊音(少笔画字)　一
注:离合、象形、提音。谜底"一"加上"信"就成为"千言","一"又象形为一支横搁的笔,"一"与"伊"读音相同。

少一点私,多一点公(少笔画字)　　么
注:"么"少一点成"厶"(古写的"私")。

砖雕古碑景点有,堂舍亭阁古居留(少笔画字)　　　　　　　　　　　　口
注:包含体。谜面"砖雕古碑景点,堂舍亭阁古居"12个字全部包含"口"字。

党号召做合格党员,党员个个有份(少笔画字)　　　　　　　　　　　　口
注:包含体。谜面"党号召做合格党员,党员"10个字全部包含"口"字。

孜孜学孔孟,孝字个个记(少笔画字)　　子
注:包含体。谜面"孜孜学孔孟,孝字"7
　　个字全部包含"子"字。

阳春晚景四方同,泊堤鹊影处处见(少
笔画字)　　　　　　　　　　　　日
注:包含体。谜面"阳春晚景,泊堤鹊影"8
　　个字全部包含"日",且在四个方向。

字谜切合象形体,无音无义亦无底(少
笔画字)　　　　　　　　　　　　毋
注:离合、提义。"毋",象形"切"字合起
　　来,读"无"音,义也同"无"。

人之言,不可信,言旁人,要简明(少
笔画字)　　　　　　　　　　　　认
注:"人之言"为"认",排除"信"字。"言旁
　　人"为"认","言"要简化为"讠"。

## 5画字

双人走钢丝（5画字）　　　　　　　　　丛
注：象形。谜底"丛"上面像是两个"人"，
　　下部"一"像钢丝。

出点子，见匠心（5画字）　　　　　　　斤
注：谜底"斤"去掉一点，即为"匠"字中
　　心的"斤"。

假日无暇去闹市（5画字）　　　　　　　们
注："假日"无"暇"剩下"亻"，"闹"去
　　掉"市"为"门"。

一旦躲开别找我（5画字）　　　　　　　白
注："一"离开"旦"剩下"日"，"我"字
　　去掉"找"剩下"丿"。

重点支援大西北（5画字）　　　　　　　头
注：离合。重复的两点放到"大"字的西
　　北方位。

枫树风光出少林（5画字）　　　　　　　　对

注：离合。"枫树"两字去掉"风"和"林"，
　　剩下就是"对"字。

边邑古庵归旧主（5画字）　　　　　　　　邝

注：会意。"邑"在字典里部首为"阝"，
　　"厂"字古代通"庵"字，"、"古代
　　为"主"字。

流汗加油干，连日超额，翻身夺冠（5
画字）　　　　　　　　　　　　　　　　由

注：离合、提义。"油干"去掉"汗"为
　　"由"，两个"日"字连起来再出头是
　　"由"，翻过来为"甲"（夺冠）。

听听声音似鸣号，屏幕显示等四秒（5
画字）　　　　　　　　　　　　　　　　叫

注："叫"字，像LED屏的数字04，意为4秒。

和田名品，中国声誉（5画字）　　　　　玉

注：会意、方位、提音并用。"和田名品"

为"玉","中国"为玉,"誉"的读音同"玉",三扣。

面貌似二九,背影八〇后,并非新一代,人人喊他舅(5画字) 旧

注:象形、提音。"旧"字像LED屏的数字18,反看是81,"非新"提示"旧"的字义,"舅"提示"旧"的读音。

## 6画字

亏本——消灭(6画字) 朽

注:拆字。"亏本"两字去掉"一一",余下的部分组合成谜底。

倾心高考改旧貌(6画字) 老

注:拆字、提义。"倾心"为"匕","考"字上半部为"耂",组合成谜底。

少女冬装美如画(6画字) 囡

注:拆字、提义。谜底"囡"少掉"女"字,

加进"冬"字为"图"字,提示"图"的字义为"画"。

白玉无瑕巧夺工(6画字) 百
注:拆字。"白玉"两字去掉"丶"(瑕),再减去"工"字,余下的部分组合成谜底。

十分用心细细想(6画字) 忖
注:离合、提义。十分为一"寸",加上"心"(忄)为"忖";忖,意思为细想。

风雨前夜了旧愿(6画字) 夙
注:离合、提义。"风雨"两字的前部为"几一","夜"为"夕",组合成"夙";"夙"的意思是愿望。

人到白头才翻身(6画字) 伥
注:离合。"人"(亻)和"白"字的头(丿),加上翻转的"才"字,组合成谜底。

短一些再短一些（6画字） 此
注：离合。"些"字减去"一一"即是谜底。

画眉布谷乃鸟也（6画字） 驰
注：叫入、象形。谜底分成"马""也"；
　　"马"画上眉"丿"，加一粒谷"丶"
　　就是"鸟"字。

缺点一多千万改（6画字） 仿
注：增损。谜底"仿"减去"丶"，加上"一"
　　就是"千万"。

星移斗转人向上（6画字） 伞
注：方位、位移。"斗"字的点换位，加上
　　"人"字即是谜底。

开头学拆字，是在太原市（6画字） 并
注：拆字、提义。"学"字拆掉"字"字为
　　"丷"，加上"开"成"并"字。并州，
　　太原的古称，故太原简称"并"。

分工负责,肯定成绩(6画字)　　　　红
注:增损。谜底"红"字去掉"工"字,加上"责"就是"绩"字。

岛前几回旋,一鸟任凭飞(6画字)　　凫
注:离合双扣。"岛"前加"几"为"凫";"鸟"去掉"一",加上飞掉"任"的"凭"(几),谜底仍是"凫"。

出门才回来,一点闲不住(6画字)　　闭
注:离合双扣。"闭"出掉"门"剩"才";"闲"去掉"木"右面的捺点也是"闭"。

写好前后要检点,求学须从点滴起(6画字)　　　　　　　　　　　　　字
注:增损、离合。"写"的前面为"冖","好"的后面为"子",合起来加"、"即是谜底;谜底"字"加上点滴(丷)即可求出"学"字。

岛前几回旋，一鸟任凭飞（6画字）凫

## 7画字

风展红旗如画（7画字）　　　　　　　　　　彤
注：红色为"丹"，"彡"象形为风吹的旗帜。

办法先后两三点（7画字）　　　　　　　　　劫
注：增损。"办法"两字去掉两点三点，剩
　　余部分组合成谜底。

上影连续拍十集（7画字）　　　　　　　　　芈
注：象形、离合。"芈"上半部看成"上"字
　　的左右背影连接，加上"十"成谜底。

古树村落闻鸟鸣（7画字）　　　　　　　　　吱
注：折字、提义。"古树"两字去掉"村"字，
　　余部重组为谜底；"吱"为鸟叫声。

老农清晨正要来（7画字）　　　　　　　　　芷
注：老农即指繁体字"農"，去掉"晨"余
　　"丨丨"，加上"正"字即是谜底。

人到白头结同心（7画字） 佑
注：方位、增补。"人"（亻），"白"头（丿），加上"同"字的心（一口）即是谜底。

小桥流水清风里（7画字） 沉
注：象形、减损。小桥象形"冖"，清除掉"风"里的"乂"，加上"氵"组合成谜底。

听书要提前预约（7画字） 纾
注：拆字、提音。纾，由"预约"两字的前半部分组成；读音为"书"。

千姿百态一一开（7画字） 伯
注：减损。"千百"两字去掉"一一"即是谜底。

多写一点，才能入门（7画字） 闲
注：增补。"才"字入"门"，写上一个"丶"，组合成谜底。

十分明显,隐藏不了(7画字)　　　邪

注:离合。谜底"邪"隐藏掉"不了"两字,剩"一丨",正好是分开的"十"字。

一箭射偏,获铜失金(7画字)　　　何

注:象形、离合。"铜"字失掉"金"(钅),加上偏的箭(丿),组合成谜底。

打破禁锢,跳出框框(7画字)　　　针

注:减损。"锢"拆成"针"和"回",去掉框框(回),即是谜底。

添个小数点,加减乘除全(7画字)　坟

注:象形。"坟"拆开成"+ - × ⼆",加上"、",加减乘除符号就全了。

树雄心,创未来,完善自我(7画字)　体

注:离合、提义。雄心为"亻","未"重组成"本",合起来就是"体"(视为"本人",义为自我)。

看看心平气和,其实怒不可遏(7画字)忾

注:拆字、提义。"忄"和"气"组合成谜底,"忾"字义为怒不可遏。

先留吕布是陈宫,后扣吕布乃操也(7画字) 宋

注:离合、叫入。"宀"加上"吕"就是"宫";"操"去掉"扣"和"吕"剩下"木",组合成谜底。

出名之后自虚心,连夜要把空白填(7画字) 囟

注:离合、双扣。出掉"名"的后部为"夕",加到空(虚)去心的"自"字内,为"囟";"夕"(夜)加到空心的"白"字里,亦为"囟"。

得了偏头痛,就要请郎中;有了后遗症,还须找医生(7画字) 疗

注:离合、提义。"了"字加上"痛"字的上偏部"疒",成"疗";"了"加上没有了

后半部的"症"字(疒),亦成"疗"。请郎中、找医生就是疗(治疗)病痛。

拆开包装再瘦身,称称还重二千斤(7画字)　　　　　　　　　　　　　　囤

注:离合、提义。谜底"囤"拆成"口屯","口"缩小后就是"吨"(两千斤)。

猜谜离三尺,在旁别说话,园外走一圈,对着近处想(7画字)　　　　远

注:拆字、提义。"谜"字离去三尺(米),再去掉"讠"(别说话),余"辶"。"园"字走掉外面的圈(囗),剩下"元",与"辶"组合为谜底"远"字。最后再从"近"字的对立面(反面)进行提义。

## 8画字

各有风格(8画字)　　　　　　　　　枫

注:叫入法。"枫"有个"各"字便成了"风格"。

日高花影重（8画字）　　　　　　　　　昆
注：象形、离合。"日"在高处，花影为
　　"匕"，重（复）为"比"。

青春一去日月逝（8画字）　　　　　　奉
注："青春"两字去掉"一"和"日月"，
　　余部组合成谜底。

织女牵牛星相聚（8画字）　　　　　　姐
注：增损离合。"星"牵去"牛"为"旦"字，
　　再织上"女"成谜底。

一到苏州就称好（8画字）　　　　　　昊
注：叫入、提音。苏州简称为"吴"，加上"一"
　　为"昊"，读音为"好"（第四声）。

禅前参见观世音（8画字）　　　　　　视
注：离合、提义、提音三扣。"禅"的前部为
　　"礻"，加上"见"为"视"；"观"义为视，
　　读音为"世"。

要夺冠，靠打拼（8画字） 拧
注：冠象形"冖"，与"打"拼成"拧"字。

富士山底全景图（8画字） 画
注：方位、提义。"富士山"三字的底部"田、一、凵"组合成"画"字，"图"提示"画"的字义。

时来运转成过去（8画字） 昙
注：离合。"时运"两字去掉"过"字，余下"日云"合成谜底。

明月当空人尽仰（8画字） 昂
注：减损。"明"去掉"月"，"仰"去掉"人"（亻），余部组合成谜底。

大改革，有计划，听我解释（8画字） 诠
注：离合、提义。"大"改革成"一人"，加入"计"字和"一"（划）合成"诠"字；"诠"的字义就是解释。

点滴改革见成果(8画字)                  单
注：离合、位移。"单"字上面两点移到下方，成为"果"字。

乱云飞渡天欲变(8画字)                  叁
注：离合。将"云天"两字拆开参差组合成"叁"字。

重心转向，内部调整(8画字)            贯
注：离合、位移。"申"（"重"字的心）转向，"内"字调整为"贝"，合成谜底。

奋起直追，继往开来(8画字)             奔
注："奋"的起始为"大"，加上"丨"（直），再加"开"，组合成谜底。

市里点点滴滴，市外一点不见(8画字)     雨
注：增损离合。"市"里加上点点滴滴（四点），再去掉"市"上的一点。

看看心里平,其实跳不停(8画字)　　怦

注:离合、提义。"忄"(心)和"平"组合
　　成"怦","怦"字义为心跳不停。

画鸟不像鸟,佳作并非佳,主人添一
笔,谁也没有话(8画字)　　　　　隹

注:象形、离合。"隹"是短尾鸟的总称,
　　写出来却不是"鸟";也不是"佳"字;
　　可拆成"主人"与"一";"谁"字去掉
　　"讠"亦为"隹"字。

此人生得美丽,出言十分客气,心怀喜
怒哀乐,创立安定秩序(8画字)　　青

注:叫入、提义。谜底加"人"(亻)为
　　"倩"(美丽),加"讠"为"请"(客
　　气),加"忄"为"情"(喜怒哀乐),
　　加"立"为"靖"(安定)。

## 9画字

笑掉大牙人歪了（9画字） 笫
注：减损、变异。"笑"字去掉"大"和"牙"（"丿"象形牙），余"竹"；"了"字歪写，加上"人"字为"及"。"竹""及"二部组合成底。

先生之妹作红娘（9画字） 姝
注：离合、提义。"生"字的先部为"丿"，加上妹为"姝"；"姝"拆开是"女朱"，扣"红娘"。

种地养猪，主要依靠乡下人（9画字） 垓
注：会意、拆字双扣。"土"（种地）、"亥"（养猪）合成"垓"。"主""乡"的下部与"人"也组合成"垓"。

出工出力出全勤（9画字） 革
注：叫入法。"革"字加上"工"和"力"就成为"勤"字。

一提升,掌大权(9画字)　　　　　　　叙
注:移位。"叙"字其中一横移到上面,即
　　成"大权"两字。

一一扭转定乾坤(9画字)　　　　　　　韭
注:借代、位移。八卦符号:乾☰;坤☷。
　　"韭"字将中间的"∥"转过来就成为
　　乾与坤的符号。

立场坚定断是非(9画字)　　　　　　　竖
注:增损离合。"坚"字去掉"是非"的符
　　号(+-),加上"立"就是谜底。

人力不足赖众助(9画字)　　　　　　　俎
注:叫入法。"俎"字加入"人力"两字即
　　成"众助"两字。

声声乐声传凯歌(9画字)　　　　　　　胜
注:提音、提义。"胜"拆开后,"生"读
　　"声","月"读"乐"。"凯歌"提示
　　"胜"的字义。

明星聚会双休日(9画字)　　　　　　　　胜
注：减损。"明星"两字去掉两个"日"即
　　成谜底。

一声君别他去也(9画字)　　　　　　　咿
注：离合、提音。"君"字拆分成"口尹"，
　　"他"去掉"也"成"亻"，组合成
　　"咿"；"咿"读"一"的音。

四川眉月浑如睡(9画字)　　　　　　　看
注：象形、离合。"四川"两字就像(浑如)
　　横着睡倒一样，加上眉月(丿)，得到
　　谜底。

改变状态要争先(9画字)　　　　　　　奖
注：移位法。"状"的字素移位，加上"争"
　　的先头部分，合成谜底。

白头雄心，夺银摘金(9画字)　　　　　很
注：方位、离合。白头是"丿"，雄心是"亻"，
　　银去掉"钅"得"艮"，合成谜底。

全面改革，自身做起（9画字）　　　珍

注：位移、方位。"全"字改成"王"和"人"，"自身做"三字的起始笔为"ノノノ"，组成谜底。

捐点东西，助人为乐（9画字）　　　烁

注："人"字加上左右（东西）两点，加上"乐"，即成谜底。

女排夺冠，委婉曲折（9画字）　　　姨

注：离合、象形。"女"字加"大"（"夺"字的冠）、"弓"（字形委婉曲折）。

横冲直撞，左右夹攻（9画字）　　　政

注：增合法。"一"（横）"丨"（直），左右夹到"攻"字里。

一旦抽查，保留票根（9画字）　　　标

注："查"字去掉"旦"余"木"，"票"字根部为"示"，合起来为"标"。

人有远见，一夜出名（9画字） 觅

注："见"分开为"冂儿"，"名"出掉"夜"
（夕）为"口"。"人"与"冂儿"
"口"合成"觅"。

冬装清点后，再去问老板（9画字） 咯

注："冬"去掉两点为"夂"；老板的"板"
古老的写法是"闆"；"闆"去掉"问"，
余下"口口"，与"夂"合成谜底
"咯"。

一往上爬，才有今天（9画字） 查

注：位移、提义。"查"字下面的"一"爬
到上面"木"字里，成为"本日"，义
为今天。

带头改革，破格选人（9画字） 贲

注：位移、离合。"卅"（带头）改成三个
"十"，格子破开为"冂"，加"人"
成"贝"，组合成底。

善始善终一片心，一心只图翻个身（9画字）　　　　　　　　　　　　　总

注：方位、位移双扣。"善"的始部（丷）、"善"的终部（口）加上"心"，"只"字翻个身加上"心"，都成"总"字。

西装上面有补丁，游园一定要小心（9画字）　　　　　　　　　　　　　酊

注：离合双扣。面字上头"一"装到"西"字内，再加上"丁"，为"酊"；"园"重组，加"一"和"小"的心（亅），也是"酊"。

离别之后心牵挂，忙中一直有差错（9画字）　　　　　　　　　　　　　恼

注：离合双扣。"离"字别去后半部余"卤"，加上"忄"（心）；"忙"字中间加上"丨"（直）和"×"（差错），都可组成"恼"字。

## 10画字

设计大同小异（10画字） 读

注：离合、位移。"计"字加上"大","小"字的笔画变化，即可拼成谜底。

春雨秋寒少游人（10画字） 秦

注：拆字、借代提义。"春"雨即没有"日","秋"寒即没有"火"，合成"秦"。少游借指北宋词人秦少游。

干戈一息脱困境（10画字） 栽

注：离合。"干戈"去掉"一","困"去掉"口"剩"木"，合成谜底。

犹似板桥显倒影（10画字） 晋

注：象形、移位。"一"象形板桥，加上"显"字倒过来，合为"晋"。

爱国之心见高节（10画字） 莹

注：方位法。"爱国"两字的中心"冖玉",

加上"节"字上部（高处）的"艹"，组合为谜底。

## 人人座让退休人（10画字）　　　桩
注：减损。"座"去掉"人人"，"休"退掉"亻"，组合成谜底。

## 没有一个好东西（10画字）　　　孬
注："不"字可以看成由"一个"两字组成，去掉"一个"，下面的"子女"合成"好"字（东西）两边的字素。

## 叶入丛中亦作声（10画字）　　　唑
注：拆字、提音。"叶"字放到"丛"字里，得到谜底"唑"，"唑"读"作"的音。

## 通宵达旦离包头（10画字）　　　殉
注：通宵是"夕"，"旦"离合成"一日"，加上"包"字的头部（勹），组合为"殉"。

象牙有斑金镶嵌（10画字）　　　　　　　　铄
注："牙"字右下加个斑点（丶）像个"乐"字，
　　加个"金"（钅）合成谜底。

翻开日记写人生（10画字）　　　　　　　　借
注："开"字倒翻，记录"日"字，加上
　　"亻"，组成谜底。

人要虚心频让步（10画字）　　　　　　　　倾
注：离合。"亻"（人）加上"匕"（"虚"字
　　的心），"频"去掉"步"，合成谜底。

人守高节先倡廉（10画字）　　　　　　　　俯
注：方位、离合。"人"（亻），"守"字节掉
　　上半部为"寸"，"倡廉"两字的前部为
　　"亻"和"广"，一起合成谜底。

白头雄心志不移（10画字）　　　　　　　　恁
注：方位、折字。白头为"丿"，雄心为
　　"亻"，加上"志"组成谜底。

塞北千里雁阵斜（10画字）乘

女排十号姿态美(10画字)　　　　　　　娉
注:离合、提义。"女十号"三字组合成
　　谜底,"娉"字义为形容女子姿态美
　　好。

牙雕清雅千里挑一(10画字)　　　　　　倜
注:增损离合。"牙雕"两字中去掉个"雅"
　　字,余"周";"千"字去掉"一",
　　余"亻"。

塞北千里雁阵斜(10画字)　　　　　　　乘
注:离合、象形。把"北"字塞到"千"字
　　里面,加上"人"为"乘"。"人"字形
　　象形为雁阵。

今岁除夕游浦东(10画字)　　　　　　　涔
注:增损离合。"今岁"两字除掉"夕"可
　　合成"岑","浦"字去掉东边(右面)
　　余"氵",二部合成谜底"涔"。

节日之中要安全（10画字）　　　　　　　宴
注：谜底的"宴"字节去"日"字，剩余部
　　分就是"安"字。

仙山隐居古迹中（10画字）　　　　　　　倔
注：离合。"居"去掉"古"为"尸"，加
　　上"仙山"组成谜底。

多点收成定兴盛（10画字）　　　　　　　益
注：假设法。"益"字多个点（丶），收进
　　"成"字就是"兴盛"二字。

暮后闽江见断虹（10画字）　　　　　　　涧
注：增损离合。暮后为"日"；"闽江"两字
　　中去掉"虹"字，加上"日"即为谜底。

日落宴会，日升宴散（10画字）　　　　　晏
注：离合双扣。"晏"字的"日"落下成
　　"宴"；"宴"字散开，"日"升上去亦
　　成谜底"晏"。

国际天气变化不一（10画字） 氤
注：离合。"国"字的边际是"囗"；"囗"
　　加"天气"，去掉"一"成谜底。

跟随王能父，能多学拆字（10画字） 釜
注：增损离合。"学"拆掉"字"后余"⺍"，
　　与"王"和"父"组合成谜底。

左右开弓，箭如雨点（10画字） 弱
注：离合、象形。左右两个"弓"字，四个点
　　"冫冫"象形为箭矢如雨。

刀光剑影，一马当先（10画字） 验
注：增损离合。"剑"去掉"刂"（刀），前
　　面加上"马"合成谜底。

来日考试，一式5分（10画字） 诸
注：增损离合。"考试"两字加上"日"字，
　　分去"式"字和"丂"（"考"字下半部
　　分像5），合成谜底。

残雪遮村树,水流过小桥(10画字)浸

人人为我，我为人人（10画字）　　　徐
注：双扣。"人人"即"亻"，"余"的字义
　　就是"我"。

业务转向，改革有术（10画字）　　　栾
注：折字移位。"业"字转180度，"术"字
　　分成"木、"，组成谜底。

盘问得双眉紧锁须儿翘（10画字）　　阋
注：象形、折字。"丷"象形双眉，"儿"像
　　须儿翘，与"问"合成谜底。

残雪遮村树，水流过小桥（10画字）　浸
注：离合、象形。"残雪"为"彐"，"树"
　　遮掉"村"为"又"，"小桥"象形为
　　"冖"，加"水"（氵）合成谜底。

明明是个宝，差点当成草（10画字）　莹
注：增损离合。"宝"去掉个点（丶），加上
　　"草"（艹）成谜底。

心中有公字，不须依赖人（10画字）　衮

注：增损离合。"依"字去掉"人"（亻），
　　在中间加上"公"字，合成谜底。

枯树古村落，树树连村落（10画字）　桑

注：增损离合。"枯树"两字去掉"古村"
　　两字，余"木又"；"树树"都去掉"村"
　　字，余"又又"。"木又"与"又又"合
　　成谜底。

猪身全是宝，铜钿勿得了（10画字）　赅

注：借代、提义。猪借代为"亥"，与宝
　　（贝）组成"赅"；吴语有钱人叫"赅
　　铜钿"。

人人节约，家家有余；家家节约，人人
有余（10画字）　　　　　　　　　徐

注：抵消法。谜面"家家"与"家家节约"
　　自行抵消。以"人人节约有余"和"人
　　人有余"两次扣谜底。

# 11画字

## 迷信害死人（11画字）　　　　　　　　谜
注：增损离合。"迷信"两字去掉"人"，组成"谜"字。

## 戊戌又一年（11画字）　　　　　　　　猜
注：借代、离合。地支中的"戌"对应生肖"犬"（犭）；一年有十二个月，"十二月"合成"青"。"犭""青"组合得底。

## 闪电云端焉有声（11画字）　　　　　　阉
注：离合、提音。"云"字的端（上头）为"一"，与"闪电"合成"阉"。"焉有声"，提示"阉"的读音。

## 森林密集燕周飞（11画字）　　　　　　梧
注：增损离合。"森林"为五个"木"字，"燕"字的四周飞掉剩"口"，"五木"与"口"组成谜底。

## 十月周末游尚湖（11画字）　　　　　淌
注：增损离合。"周"字末尾为"口"；"尚湖"两字去掉"十月"，再去掉"周"字之末的"口"，余下部分组成谜底。

## 须臾游人近横川（11画字）　　　　　春
注：移位、离合。"臾"字的"人"部游动到上头，"川"横过来，组成谜底。

## 一江清水向东流（11画字）　　　　　琉
注：增损离合。"一江"两字去掉"氵"，加上"流"字的东（右）部，合成谜底。

## 如来合十念经书（11画字）　　　　　菇
注：增损离合。"如"字合上"十"字，再（书）写上一个"念"（廿）就是谜底。

## 机床出厂重装配（11画字）　　　　　梵
注：增损离合。"机床"两字去掉"厂"，再重新组合成谜底。

舍南舍北皆春水（11画字）　　　　　　混
注：增损离合。"皆"舍去南部（下端），
　　"春"舍去北部（上端），余下"比"
　　和"日"，加"水"（氵）组成谜底。

无声的诗映画中（11画字）　　　　　　時
注：增损离合。"诗"无声（讠）为"寺"，
　　"画"字中间是"田"。

左修右改须用心（11画字）　　　　　　悠
注：增损离合。"修"字左边、"改"字右边，
　　加上"心"组成谜底。

节俭之人月有余（11画字）　　　　　　脸
注：先损后增。节去"俭"字的"亻"，加
　　上"月"组成谜底。

一箭六星飞上天（11画字）　　　　　　添
注：象形。"丨"象形为火箭，六个点象形
　　六星，上面一个"天"字。

飞尘入侵戴口罩（11画字）　　　　　　　堂
注：象形、离合。"罩"象形为"冖"；"尘"
　　字散开，加进"口""罩"（冖）就是
　　谜底。

夺过鞭子揍敌人（11画字）　　　　　　　做
注：象形、离合。"丿"象形为鞭子，"做"
　　字加上。"丿"（鞭子）可组成"敌人"
　　两字。

湖畔月光照四周（11画字）　　　　　　　涸
注：先损后增。"湖"字去掉"月"，添上
　　"四"字周边（囗）即成谜底。

女排夺冠上海滩（11画字）　　　　　　　婶
注：借代、折字。上海旧称"申"，加上
　　"女"和"宀"（冠）组成谜底。

诸葛遗著详陈述（11画字）　　　　　　　谒
注：离合、提义。"诸葛"两字去掉"著"
　　字，余下"谒"。"谒"字义为陈述。

湖光水月四环山（11画字）　　　　　崮

注：先损后增。"湖"字去掉"水"和"月"，
　　加上"四"字的边环（囗）成为"固"，
　　再加上"山"就是谜底。

杂交玉米，销往世界（11画字）　　　球

注：移位、提义。"玉米"两字杂交重组在
　　一起得到"球"字，世界亦是"球"（地
　　球）。

下雪落雨，并非偶见（11画字）　　　彗

注：增损离合。"雪"下为"彐"，"非"字当中
　　并合是"丰"，"偶"提示为两个"丰"。"彐
　　丰丰"组成谜底。

灯谜设格，望而生畏（11画字）　　　唬

注：借代、拆字提义。灯谜古称"文虎"，
　　借代扣"虎"，"格"视为方格（囗），
　　二者组成"唬"。"唬"的字义可令
　　人生畏。

砍伐森林,水必流失(11画字)　　　梳
注:增损离合。"森"去掉"林"余"木",
　　"流"字失去"水"(氵)后加"木"
　　组成谜底。

字谜反扣,百里挑一(11画字)　　　啪
注:移位、拆字。"扣"字左右反一下
　　为"口扌","百"字去掉"一"为
　　"白",相加组成谜底。

双双回乡,乡下变样(11画字)　　　缀
注:变形拆字。"乡"字下面的撇改为提,
　　成为"纟",加上"双双"组成谜底。

动手打扫,再把水浇(11画字)　　　渌
注:增损离合。"扫"去掉"扌",成为
　　"彐";"再"为重复之意,指两个"水"
　　(氺氵)。"彐"与"氺氵"组成谜底。

加倍负责,成绩显著(11画字)　　　绪
注:假设法。"绪"字加上"责"和翻倍的

加号（两个+号，即"艹"），就是"绩"和"著"两字。

争取夺金，铁板钉钉（11画字） 铮
注：离合、提义。"争"加"金"（钅）为"铮"，铁铮铮之意。

除夕守岁，无十分必要（11画字） 密
注："岁"去掉"夕"余"山"，"守"去掉"寸"（十分为一寸），加上"必"组成谜底。

抵制歪风，以身作则（11画字） 躯
注：变形拆字。"风"写歪了，且转了90度，形似为"区"字，加上"身"字就是谜底。

有了恳切心，还须主动点（11画字） 琅
注：离合、移位。"恳"切去"心"为"艮"，"主"字的点（丶）移动位置，组成谜底。

改革新时代,一生德为先(11画字)  得

注:离合、移位。"时"字改变成上下结构,加上"一"和"德"字的前部(彳),组成谜底。

两间少扇门,一间多个窗(11画字)  間

注:双扣。"間"字为两个"间"字少个"门",或者是一个"间"字多了一扇窗(日,象形窗)。

为政要清正,一直得人心(11画字)  悠

注:先损后增。"政"字去掉"正"为"攵",加上"直"(丨)和"人(亻)心",就是谜底。

两行纵横雁,四面无边风(11画字)  爽

注:象形、离合。两行雁飞阵型象形"人"和"一",合成"大";"风"去掉边是"乂"。四个"乂"加上"大"字组成谜底。

不演古装剧,帝后先退出(11画字) 唰
注:增损离合。"剧"字去掉"古",加
　　上"巾口"("帝后"两字去掉前半部
　　分),组成谜底。

人心聚高桥,上海换新貌(11画字) 惯
注:象形、借代、移位。"人"和"忄"加
　　上高桥(冂),再加上变换面貌的"申"
　　字(上海借代扣"申"),合成谜底。

山乡水,水乡山,处处面貌新(11画字) 绿
注:变形拆字。"绿"的三个字素为"山乡
　　水"的变形(面貌新)。

不忘初心搞改革,首先团结奋向前(11
画字)                    惬
注:方位、增损。"忘"去掉初始的点
　　(丶),"心"改成"忄","首"字的
　　先部"丷"加上"奋"的前部"大",
　　组成谜底。

眼皮合拢微张开,一点一点看相反(11画字) 眯

注:提义、移位拆字。谜面第一句提示谜底的字义;"相"字形左右反过来,加一点,再加一点(丷)组成谜底。

## 12画字

日本东京一日游(12画字) 椋

注:增损离合。"日本京"三字去掉"一"和"日",余"木京"。

诺言一出心底安(12画字) 惹

注:先损后增。"诺"去掉"讠",下面加上"心"就是谜底。

老树留影村景清(12画字) 彭

注:"老树"即繁体字"樹",去掉"村"余"壴";"影"去掉"景"留"彡"。二部组成谜底。

犹如佳人在西厢（12画字）　　　　　　雁
注：增损离合。"隹"字像（犹如）"佳"字，
　　加"人"（亻），再加"厢"字西部的
　　"厂"，组成谜底。

社堂寺塔处处见（12画字）　　　　　　塄
注：包含法。谜面"社堂寺塔"四字皆有
　　"土"字，且在四个方位，故扣谜底"四
　　方土"（塄）。

塞北秋寒山水中（12画字）　　　　　　剩
注：增损离合。"秋寒"即将"秋"字去掉
　　"火"余"禾"，塞进去"北"字为
　　"乘"；"乘"加上"山水"二字的中间
　　笔画为"丨"和"丨"，合为"剩"字。

雾中扣门闻歌声（12画字）　　　　　　搁
注：离合、提音。"雾"中为"夂"；"扣"和"门"
　　组合加上"夂"为"搁"。闻"歌"声，提
　　示"搁"的读音。

多少工夫可织成（12画字） 琦
注：增损离合。"工夫"两字笔画交换为"王大"，加上"可"字即为谜底。

雾中隐约见迷宫（12画字） 喀
注：拆字、移位。"雾"中为"夂"，"宫"字打乱加"夂"组成谜底。

幽兰参差一一开（12画字） 嵫
注：拆字、移位。"幽兰"两字去掉"一一"，再分拆重组，合成谜底。

四方周围闻哭声（12画字） 圐
注：拆字、提音。"四方"两字用"围"的周边（囗）合起来为"圐"；"圐"读音为"哭"。

我家传出读书声（12画字） 舒
注：转义、提音。"我"为"予"，"家"为"舍"，合起来为"舒"字；底字读出来是"书"字的音。

将士掩面出泪声（12画字）　　　　　　湄

注：假设法。将谜底"湄"加上"士"字，
　　分开就是"泪声"两字。

暑假无暇先读书（12画字）　　　　　　储

注：增损离合。"暑假"两字中去掉"暇"，余
　　"亻者"；书写上"读"前面的"讠"，合
　　为"储"字。

口号团结一条心（12画字）　　　　　　愕

注：离合。"愕"字可以拆成"口号一忄
　　（心）"，团结提示要将这些字素组合
　　起来。

犹逢明主见青天（12画字）　　　　　　晴

注：拆字提义。"明主"两字组合就像（犹
　　如）"晴"字；"见青天"提示"晴"
　　字的字义。

多少心血得一言（12画字）　　　　　　谧

注：增损离合。多少心血，指"心"字多一撇，

"血"字少一撇;加个"言"(讠)组成谜底。

离开南京,直达上海(12画字)　　景
注:方位、借代。"景"去掉南面(下面)的"京",余"日",加一直(丨)成为"申"("申"为上海别称)。

国家内部,和谐团结(12画字)　　琢
注:增损离合。"国家"两字中的"玉"和"冢",笔画重新组合成谜底。

权虽不大,高高在上(12画字)　　椒
注:"权"字中间加进"小"(不大),"小"字高处再加个"上"字,组合成谜底。

工厂直销点,还剩4套衣(12画字)　裤
注:"工厂"两字销去直(丨)加上点(丶),"4"字套进去,再加"衤"(衣),组成谜底。

连拉小阳,必有空间(12画字)　　　隙
注:拆字、提义。"阳"连上两个"小"字组
　　成"隙"字;"隙"字义为空隙、间隙。

如来南京,一定联系(12画字)　　　婷
注:借代、离合。南京简称"宁",加上
　　"如"字和"一"字即成"婷"字。

汇出一笔,其余结清(12画字)　　　湛
注:拆字、提义。"汇"字除掉上面一笔,加
　　上"其"为"湛"字;"湛"字义为清澈。

虽一以贯之,乃尚未成功(12画字)　棠
注:假设法。"棠"字加上"一","尚未"
　　两字就组成了。

乡下变了样,全省面貌改(12画字)　缈
注:变形、离合。"乡"字下面变形为"纟";
　　"省"字变为"少目",加上"纟"成
　　为谜底。

火上加火气头上,无话可谈心更忾(12画字)　　　　　　　　　　　氮

注:离合双扣。"火"上加"火"与上面的"气"组成"氮";"谈"去掉"讠","忾"去掉"忄",合起来也是"氮"。

离台北,到台南,抵达阿里山(12画字)　　　　　　　　　　　嵒

注:增损离合。去掉"台"字北边的"厶",余"口","台"字南边亦是"口","阿"字里面也是"口";三个"口"加"山"组成谜底。

去北京,到南京,淘了旧东西(12画字)　　　　　　　　　　　隙

注:增损离合。"京"字去了北面为"小","京"字南面也是"小";"旧"字左右(东西)分开,加进"了"字成为"阳"字。"阳"与两个"小"字组合成谜底。

客进门,先脱帽,握握手,再拥抱(12画字)　　　　　　　　　　　搁

注:增损离合。"客"去帽(宀)进"门"为"阁",再加"扌"为"搁"。"拥抱"为抱合词。

## 13画字

亲自参加搞革新(13画字)　　　　　　　　靳

注:假设法。谜底"靳"字拆开加上"亲"字,就是"革新"两字。

假日人稀得休闲(13画字)　　　　　　　　暇

注:拆字、提义。"假日"两字去掉"人"(亻)为"暇";"暇"字义为休闲。

一箭射中白日鼠(13画字)　　　　　　　　腥

注:借代、象形。《水浒传》人物"白日鼠"姓名为白胜。"丿"象形为箭,"腥"加上"丿"就是"白胜"二字。

心上发火即焦急（13画字）　　　　　　雏
注：假设法。谜底"雏"字加上"心"和
　　"火"（灬）即成"焦急"两字。

滴水穿石画中留（13画字）　　　　　　瘤
注：增损离合。"画"字中部为"田"；"氵
　　石田"三部分组合成"瘤"。

为政清正得民心（13画字）　　　　　　愍
注：增损离合。"政"清除"正"后为"攵"，
　　与"民心"组成谜底。

中医根治后遗症（13画字）　　　　　　痴
注：方位，折字。"医"字中间为"矢"，
　　"治"的根是"口"，"症"去掉后半
　　部为"疒"，"矢口疒"合成"痴"。

湘水横流，一叶扁舟（13画字）　　　　想
注：离合、变形、象形。"湘"的"氵"横
　　过来，扁舟象形为"乚"，组成"想"。

逆水行舟朝西去（13画字）　　　　　　溯

注：象形、离合。"逆"去"辶"（象形舟）
　　加"氵"（水），"朝"去掉左面（西面）
　　余"月"，合成谜底。

离开一回，差点失态（13画字）　　　　嗯

注：增损离合。"回"字分离成大小两"口"，
　　"态"字减去一点，即合成"嗯"字。

不是第一，亦是唯一（13画字）　　　　睢

注：假设法。谜底"睢"减去"一"，则剩
　　下"唯一"两字。

冠上绣鸟，定是仙鹤（13画字）　　　　催

注：假设法。冠象形"亠"。谜底"催"字添
　　"亠"和"鸟"，就成了"仙鹤"二字。

日积月累，写好一生（13画字）　　　　腥

注：加字法。"日"和"月"，再写一个
　　"生"，组合成谜底"腥"。

牙雕清雅,无出其右(13画字)　　　碉

注:增损离合。"牙雕"两字清除"雅"字余"周"字,"右"字不出头为"石",合成"碉"字。

认真复习,自身做起(13画字)　　　谬

注:增损离合。"认"字加重复的"习"(两个"习"字),再加上"自身做"三字的起笔(均为"丿"),组合成谜底。

抽出大奖,西装一套(13画字)　　　酱

注:先离后合。"奖"字抽出"大"为"爿夕","西"套进"一"成"酉",二部组成谜底"酱"字。

两次学医,不合情理(13画字)　　　谬

注:转义扣合兼提义。"学"转义为"习",两次则为两个"习"字;"医"即为"诊"。"习习"与"诊"合成"谬"。"谬"字义为不合理,荒谬。

部位相反,是非颠倒(13画字)　　　障

注:移位。"部"字左右互换后,加上是与
　　非的符号"+-"组成谜底。

发言要短一些再短一些(13画字)　　訾

注:增损离合。"些"字短去"一",再短去
　　"一",成"此";"此"加上"言"就
　　是"訾"。

知难而进,叹为观止(13画字)　　　雉

注:增损离合。"知难"两字去掉"叹"得
　　到"雉"字。

环环必扣紧,个个不落空(13画字)　瑟

注:增损离合。"环环必"三字合起来(扣
　　紧),去掉两个"不"字就是"瑟"。

车近斑马线,大人携小人(13画字)　辇

注:象形、折字。五条横线象形斑马线,加
　　上"车"和两个"人"字即成谜底。

吟安一个字,捻断数茎须(13画字) 颔

注:象形、离合。"吟"变为上下结构成"含","须"断去数茎(彡)成"页",合为谜底。

香烟头,烟缸丢,倒点水,仍担忧(13画字) 愁

注:拆字、象形、提义。"香烟"两字前头组成"秋","心"象形烟缸倒进水。谜底"愁"的字义是担忧。

每逢周末三点来,到了椰岛就赞叹(13画字) 嗨

注:离合、借代、提义。"每"字加"周"字末部的"口"和三点(氵)为"嗨";椰岛是"海口",亦合成"嗨";"嗨",可作为赞叹声。

## 14画字

清水漓江成一线（14画字）　　　　　　　璃

注：先离后合。"漓江"两字去掉"水"
　　（氵），余"离工"，加上"一"合成
　　谜底。

雾中公园变了样（14画字）　　　　　　　酸

注：移位、拆字。"雾"中为"夊"，"公
　　园"两字打乱（变形），即可拼出谜底。

中医处方消病疴（14画字）　　　　　　　旗

注：增损离合。"医"字中为"矢"，消去
　　"病"（疒）的"疴"为"可"。"矢、
　　可、方"组成谜底。

尖端高峰东西优（14画字）　　　　　　　僦

注：方位、离合。"尖"的上端和"高"的
　　上部组成"京"，"优"字拆开放在"京"
　　字左右（东西）两边，合成谜底"僦"。

细画树梢群雁飞（14画字）　　　　　缫

注：象形、离合。"细"字画在树梢（木）
　　上，群雁飞象形为"巛"，合为谜底。

源头活水驾扁舟（14画字）　　　　　愿

注：移位、象形。"源"字头的"氵"横过
　　来放到扁舟（乚）上，即可组成谜底。

大连泳装就是美（14画字）　　　　　漾

注：假设法。谜底"漾"字连上个"大"字，
　　可组装成"泳美"两字。

山西代表首先发言（14画字）　　　　谱

注：借代、拆字。山西简称"晋"。"首"字
　　的先部是"丷"，加上"言"（讠）就
　　成"谱"。

丁宁夺冠，齐吹号角（14画字）　　　歌

注：增损离合。"丁宁"两字去掉冠（冖），
　　加上"吹"字和"号"字的角（口），
　　合成谜底。

俄国革命，一声炮响（14画字）　　　鹋
注：会意扣合。"鹋"拆开为"十月鸣"，别
　　解为俄国十月革命的炮声鸣响起来。

节约点滴，人人有责（14画字）　　　箦
注：假设法。"箦"字的"竹"节去点滴（丶
　　丶）后，就化成为"人人责"。

有章可循，从我做起（14画字）　　　彰
注：方位、离合。"章"字加上"从我做"
　　三字的起笔（丿丿丿），合成"彰"。

上面虽切断，下面仍有电（14画字）　蝇
注：移位、离合。"虽"字切断成"口虫"，
　　加上个"电"字组成谜底。

除夕射虎，通宵达旦（14画字）　　　夤
注：增损、借代会意。谜底"夤"除去"夕"
　　即为"寅"。地支中"寅"属"虎"。
　　"夕"义为宵，寅的时序为凌晨3—5
　　点（达旦）。

干一行,爱一行,行行都行(14画字)　　瑷

注:抵消,离合。干一行爱一行,行(xíng)走掉两个"行"(háng)字后,余"干一爱",组成谜底。

二十载后重转业,红了又红名声出!(14画字)　　　　　　　　　　　　　　赫

注:移位离合、拆字提义双扣。重复的(即两个)"业"转180度,加两个"十"(十十)组成谜底"赫"。"红"义为赤,两个"红"(赤)组成"赫"。"名声出"提示"赫"的字义。

沪市股票,落两点升四点,股票抛出(14画字)　　　　　　　　　　　　　　漏

注:抵消、增损。"股票"与"股票抛出"自行抵消;"沪市"去掉上面两点,中间加四点,即是"漏"字。

# 15画字

舞后猜哑谜（15画字） 　　　　　　　　遴
注：增损离合。"舞"字后面为"舛"，哑谜
　　（没有"言"的"谜"）为"迷"，二者
　　拼合成谜底。

有委曲，要调查（15画字） 　　　　　　槽
注：离合成谜。委，作动词用，"曲"加上
　　调动的"查"字（木日一）组成谜底。

心心相印心挂念（15画字） 　　　　　　蕊
注："心心"再加"心"和"念"（廿）
　　得到谜底。

开船西北又起风（15画字） 　　　　　　磐
注：方位、离合。"船"字分开为"舟几
　　口"，加上"又"，"西"字北部（上部）
　　的"一"，"风"的起笔"丿"，合成
　　"磐"字。

家家装了防盗门（15画字）　　　　　　　篇
注：会意、象形。"家家"义为"个个户"，
　　"冊"象形防盗门，合成谜底。

人人齐立四化志（15画字）　　　　　　　德
注：离合。人人树立为"彳"，"四"字化开
　　"志"字，合为"德"字。

听装东西，一月过期（15画字）　　　　　嘶
注：增损离合。"期"字去掉一个"月"字，余
　　"其"字；再把"听"字拆开放在"其"
　　字东西（左右）两边，成为"嘶"。

一经排挤两手空（15画字）　　　　　　　甭
注：增损离合。"排挤"两字去掉两个"手"
　　（扌），加上"一"组成谜底。

触景生情少年时（15画字）　　　　　　　憬
注："景情"两字少掉"青"（整年为十二月，
　　即"青"），合成谜底"憬"。

国外天凉人稀少（15画字）　　　　　　　凛

注：增损离合。"国"的外部为"囗"，"天"
　　字去掉"人"为"二"，加上"凉"字
　　合成谜底"凛"。

折扇用后变了形（15画字）　　　　　　　翩

注：象形、离合。"扇"字折成"户羽"，
　　"用"字的里面（后面）变形成
　　"册"，合为谜底。

先人后己跟党走（15画字）　　　　　　　趟

注：方位、离合。"人"的先部为"丿"，"己"
　　的后部为"乚"，组成"儿"；"儿"放
　　进"趟"里就成"党走"两字。

雨后当头月，高空起箫声（15画字）　　　霄

注：离合，音义双提。"雨"加上"小"（"当"
　　的上部）和"月"组成"霄"；"高空"
　　提示"霄"的字义，"箫声"提示"霄"
　　的读音。

古树遮村落,池影景也清(15画字)　　澎
注:增损离合。古树指繁体字"樹","樹"
　　落去"村"余"壴","池影"清除掉"景
　　也"余"氵彡",三部组合成谜底。

江淮一带,山高水清(15画字)　　　璀
注:增损离合。"江淮一",加上"山"字,
　　再把"水"(氵)全部清除掉,组合成
　　谜底。

蛇年重逢,携手共进(15画字)　　　撰
注:借代、离合。"巳"在生肖中为蛇,重
　　逢为两个"巳",加上"手"(扌)和
　　"共",组成"撰"。

一心翻倒山,夺取双丰收(15画字)　慧
注:转动、折字。"心"加上翻倒的"山"
　　(彐),再加上两个"丰"字组成谜底。

存折共二张,已经扯碎了(15画字)　撕
注:折字、提义。"共二"合为"其",加上

"折"组成"撕"字;扯碎提示"撕"的字义。

柳絮舞东风,阳光照首都(15画字)　影
注:象形、会意。"彡"象形为被东风吹的柳丝,阳光为"日",首都为"京"。"彡日京"组成"影"。

孝字写进去,融入教育法(15画字)　澈
注:假设法。"澈",写个"孝"字加进"去"字,即可组成"教育法"三字。

## 多笔画字

竹丛深处藏叶尖(多笔画字)　　　　噬
注:增损离合。"叶"字的尖隐去成"口丁",与"竹丛"组合,就是谜底"噬"。

锐意改革总腾飞(多笔画字)　　　　镜
注:增损离合。将"锐意"两字中飞去一个"总"字,剩余部分组合成谜底。

## 主动来乡住一载（多笔画字）　　　　　甕

注：移位、拆字。"主"字动开，再拿来"乡住一"三字，合成谜底。

## 一心依赖实为惰（多笔画字）　　　　　懒

注：离合、提义。"心"（忄）依靠到"赖"就是"懒"，"惰"提示"懒"的字义。

## 六一居士错题墙（多笔画字）　　　　　壁

注：拆字、提义。"六一居士"四字交错组成"壁"字，"墙"提示"壁"的字义。

## 斜阳南照空山幽（多笔画字）　　　　　隰

注：离合、方位。"阳"字微斜，"照"的南部（下方）为"灬"，"幽"空去"山"为"幺幺"，组合成谜底。

## 细思一二心犹清（多笔画字）　　　　　缃

注：增损离合。"细思一二"四字清除掉"心"，组合即成谜底。

千里之行,始于足下(多笔画字)　　踵
注:加合法。"千里"拼成"重"字,添个
　　"足"字成"踵"。

青藏清廉,吉蒙廉洁(多笔画字)　　濂
注:拆字双扣。"清廉"藏去"青"为"濂",
　　"廉洁"蒙住"吉"也是"濂"。青、
　　藏、吉、蒙均为省区简称。

羊续悬鱼显高节(多笔画字)　　藓
注:增损离合。"羊"加上"鱼"为"鲜",
　　"节"的高端(上方)为"艹",组合
　　成为谜底。

一带一路,早日腾飞(多笔画字)　　璐
注:增损离合。"一一路"三字组合,加上
　　"十"("早"字去掉"日"),成为谜底。

圣上容貌没有一点改变(多笔画字)　　鏨
注:移位、拆字。将"圣上容"三字交错组
　　合后,减去一点(、),改变成谜底。

共同奏笛，次次失败（多笔画字）　　　簧

注：离合、会意双扣。"簧"可看成"共笛"
　　两字合成；"簧"可拆解成"个个黄"，
　　意为一次次失败。

心上若有私，一定昏了头（多笔画字）穗

注：增损离合。"心"和"一"直接取
　　用，若（好似）有"私"扣"私"，
　　"昏"去了头部为"日"。"心""私"
　　"一""日"四者合成"穗"。

毒品，染上容易；害人，只要远离（多
笔画字）　　　　　　　　　　　　豁

注：拆字双扣。"容"字分开，加上"毒品"
　　两字上部组成"豁"；"只"字分开，加
　　上"害人"两字也可组成"豁"。

复习要先易后难（多笔画字）　　　曜

注：增损离合。"复习"即两个"习"，"易"
　　字先写是"日"，"难"字后面是"隹"，
　　组合成谜底。

老万一到未露面(多笔画字) 藕
注:"老万"指繁体字"萬","未"加"一"
　　成"耒",二者合成"藕"字。

住在下头是啥人(多笔画字) 雠
注:拆字、会意。"下"字的开头是"一",
　　加到"住"里成为"佳","啥人"义扣
　　"谁"。二者合成谜底。

足金十两难辨别(多笔画字) 镤
注:拆字、移位。"金"(钅)加两个
　　"十"(艹),"难"字分成上下结
　　构,合成谜底。

进口补品,百天销出四成(多笔画字) 嚣
注:增损离合。"口"补进"品"为四个
　　"口","百天"减去四横便成"页",
　　四个"口"加上"页"组成谜底。

齐心又齐心,放手大造林(多笔画字) 攀
注:增损离合。"齐"字的中心是"乂","又

齐心"表示有两个"乂",加上"手大林"三字就是谜底。

## 矿前矿后,植草造林(多笔画字)　　蘑

注:增损离合。"矿"字前后是"石广",加上"草"(艹)和"林",组成谜底。

## 湖边人复习,湖心映倒影(多笔画字)瀚

注:倒影、离合。"湖"边是"氵",加上"人"与两个"习";"瀚"字中部可以看成"湖"字中心"古"字的倒影。

## 破格树先进,全面改革要领先(多笔画字)　　　　　　　　　　　　　瓒

注:增损离合。"破格"为"门","全"改成"王人"两字,"先"进去,领"先"字,组成谜底。

## 正书草书入门,唯有一挥而就(多笔画字)　　　　　　　　　　　　　躏

注:移位、离合。"正艹"加上"门"字,

"唯"字分开加到"门"的内外,去掉"一"就成谜底"瞞"。

晚餐要到老字号(多笔画字) 饕

注:方位、增补。"餐"的(晚)后部为"食",加上繁体的"号"字(號),拼成谜底。

眼前处处乱设摊(多笔画字) 攮

注:增损离合。"眼"前为"目","处处"指有两个"目","摊"字打乱,重组成谜底。

泪水干,泪水流,两人泪痕在,难离别(多笔画字) 籆

注:离合、象形。两个"泪"去掉"氵"为两个"目",两人带泪痕像"竹","难"字离开成上下结构。诸字素组合成谜底"籆"。

# 作品赏析

## 书信写千言,搁笔待伊音(少笔画字)一

敖耀寰/赏析

面为承接复句,前后两个动作,述人事也。自古以来,多情女子负心汉,此处展现的却是一个"有情郎"思念远方的她(伊人)的感人场景。他先展开纸墨写书信,以诉说自己的情怀;然后搁下笔来,遥对远方,默默地思念,焦急地等待着她的回音。

谜法增形、象形、提声三扣。首句以增形(补漏)法导出谜底。"书信写千言",意即书写上个"信"字,谜底便写成了"千言"两字;反推之,"千言"减"信",便是谜底"一"字了。后句"搁笔待伊音",搁笔,即将笔放下,形如"一"字,象形;待"伊"音,即"一"读"伊"音,提声。至此,三扣完成。

此谜面句有诗意,细品引遐想,回味蕴真情,是为"鸳鸯蝴蝶谜"也!

## 人之言,不可信;言旁人,要简明
## (少笔画字)认

郭　忠/赏析

谜面"人之言,不可信;言旁人,要简明",虽仿佛有如《三字经》"人之初,性本善;性相近,习相远"的影子,却是作者自拟。意思是:对他人的话,不可轻信;说他人的时候,要简洁明了。其中"旁人"是指别人、他人,如南朝·鲍照《代别鹤操》:"心自有所存,旁人那得知。"唐·杜甫《堂成》:"旁人错比扬雄宅,懒惰无心作《解嘲》。"明·高启《效乐天》:"旁人笑寂寞,寂寞吾所欲。"等即是。

汪老的字谜向有通俗、严谨、新颖的特点,本谜也不例外。其面句别解义当为:"人"到(之,到也)"言"处,不可猜"信";"言"字旁有"人",要简化(指"言"简化为"讠")才会明了。经过反复阐述,底字"认"被牢牢锁定,不可移易。

如此浅显易懂、简洁明快,可谓"通俗";交代明确、滴水不漏,堪称"严谨";巧伏玄机、句句"双关",突显"新颖"。

## 阳春晚景四方同,泊堤鹊影处处见
### (少笔画字)日

杨耀学/赏析

谜面融景融情,如诗如画,大好河山,无限风光。首句"阳春晚景四方同",意为春暖花开的三月,夕阳西下的时刻,张目四望,远山近水,流光溢彩,美不胜收。后句"泊堤鹊影处处见",犹如置身苏堤春晓,人至鹊飞,前人诗"绿杨阴里白沙堤""明月别枝惊鹊"来到眼前。如此文学色彩浓郁的诗句,却是奇思慧想的谜作。以底字回应谜面,可知"阳""春""晚""景"四字中均有一"日",且"日"字之位置呈东、南、西、北(右、下、左、上)分居,即"四方同"为这个"日"字。后句之"泊堤鹊影","日"字则分别在这四字的东南、东北、西南、西北，遍绕一周。于是，环滁皆山也，横看成岭侧成峰，远近高低妙手成。外极其像，内极其意。底字在面上的笔画态势分布，无微不至，无往而不胜。"日"之拱卫，神之所到，完美得无以复加，凸显了极佳的美学效应。奇耶？巧耶？千思所得为奇，妙手偶得为巧。此谜隐喻"鲜红的太阳永不落"。阳光四射，华夏有天皆丽日；春临大地，神州无处不明媚。忆往昔，柯国臻先生曾有"沐李荣桃处处春"射"楞"字，以"木"四方旋转，人云步履寻幽，拔乎其萃；今赏本谜，风神韵致，超越古人，乃字谜创作中的通灵神品。诗情、画韵、谜趣洋溢其间，读之意爽神飞，惊奇拍案，引觞欲醉，叹曰：谜师者大师也，谜境者仙境也。

## 旧邑古庵归原主（5画字）邝

杨耀学/赏析

本谜面句的意义很容易明白，"邑"泛指城市，有时也指老住宅；"庵"是尼姑修行之庙所，也可指小草屋。面句所述为庵归原主事。

本谜扣合新颖别致，关键在于字的同义替换，传播了语文知识。"旧""古""原"三字，说明组成这个字的部件用字都是老的、旧的、传统的，都有来历，都有讲究，都有厚重的历史内涵。"邑""庵""主"则是要解析、参照、对比、置换的文字。先说"邑"，它是指右耳偏旁"阝"（左耳偏旁为"阜"），现在的"阝"由甲骨文"邑"变体而来。古"庵"字为"厂"（多用作人名），如上海书印名家王福厂（读 ān）。汉字简化时，将常用字工廠的"廠"简化合并入"厂"，但"厂"至今保留有"庵"的原义（"廠"只读"chǎng"，而"厂"有

chǎng、ān二读音)。"、"乃"主"之古体,篆刻往往用"、"代表"主"字。刘雁云先生曾有"芳心无主空对月"打"册"字之作。

如此,"阝"(注意,是右耳偏旁)"厂""、"就成为"邑""庵""主"的代表,三部合而成"邝"。底字"邝"读音为"kuàng","邝"字虽不生僻,字义却很单纯,只是姓氏用字。

读过本谜,叹为观止。无一处无来历,列三色成一景,三古合璧,而有绝底。古色古香古味,奇思奇径奇谜。苏绣珍品,花团锦簇,说文解字,绝妙好辞。不惟书卷气,犹有甲骨风。看来,拆字大师必须是古文字学大师。有多深的考究就有多美的艺术。本谜可谓:独有字圣三弄笛,秦砖汉瓦一灯明。

## 和田名品，中国声誉（5画字）玉

王绍宽/赏析

和田，通常指的是位于新疆南端的和田市，这是一处人称"玉石之都"的美好地方。这里拥有和田玉、昆仑玉、金刚石、玛瑙、石榴石和绿柱石等多种玉石，尤以和田玉著称于世。和田玉与陕西蓝田玉、辽宁岫玉、河南独山玉并称为中国四大名玉。据说秦始皇统一中国的时候，和田玉因产于昆仑山被称为"昆山之玉"，以后又因位于"于阗国"境内而被称为"于阗玉"。宋人周端臣有诗句："常骑大宛马，多佩于阗玉。"张公庠也有："月澹中官放钥回，倚云宫殿掖门开。彩床百步黄罗帕，于阗名王进玉来。"都是为之赞美的，足见此间玉石昔年已经甚有名气。后来，清光绪九年设立和田直隶州时，于阗玉被正式命名为"和田玉"。在竞技体育十分兴盛的今天，由于2008年北京奥运会会徽徽宝"中国印"也是采用新疆和田玉作为材料，和田玉更是声名日增。

今天读谜"和田名品，中国声誉（五画字）玉"，我突然想，如若和田举办一次灯谜盛会，这则灯谜绝对会被推上高位，被人顶以荣耀。我们仔细品味，似啃食橄榄般，齿留余香，韵味无穷。此谜一题三解，借代、方位、提音。首先，"和田名品"，借代呼唤"玉"之即出；其二，"中国"，从方位上指出汉字"国"的中间乃"玉"是也，明白自如；其三，"声誉"，谜作再次从另一层面点明"玉"字读出的"声"音与"誉"同音。层层紧扣，字字踏实，不留缝隙，既是宣传口号，又为文艺轻骑，其在讲好中国故事、传播正能量等方面，诚然是通俗可读的上乘之作。

当然，有谜友提出先前有人以"中国声誉"猜"玉"字，意有雷同或撞车之嫌。其实，此谜首句"和田名品"既出，整个灯谜已经发生变化，绝对不能与"中国声誉"猜"玉"字相比较，毕竟谜的结构、韵味都是上了一个层次的。

**面貌似二九,背影八〇后;并非新一代,人人喊他舅(5画字)旧**

邱茂文/赏析

谜面描述了这样一个人物形象:看他面貌好像18岁(实际年龄应该在30多岁吧),望其背影又像八〇后;他并非新的一代人,但人人都喊他舅。

要猜一字,谜底是什么呢?不妨先寻突破口——抓住"并非新一代",便可推想到"旧"字。再用谜面其余三句一一验证:一般电子显示屏上出现的数字"18",面貌很像"旧"字;望其背影变为"81",正好排在"八〇后";"舅"和"旧"二字读音完全相同。至此可以肯定谜底非"旧"莫属,绝无差池。

作者汪寿林老师,极擅做字谜,佳作多多,广为流传,在谜界享有"字谜大师"之美誉。他综合运用象形、释义、注音三重扣法而成就的这条字谜,新颖独到,工巧自然,妙趣横生,令人回味无穷,印象深刻。

之前笔者曾赏析过的郭少敏获奖佳谜"冰箱靠墙放,两门都齐全;不是新模样,就是声音响(字)旧",与此谜同底,而且谜面形式相同,所用谜法也相同,只是构思角度不同,但两者各具特色,并臻佳妙,异曲同工,堪称双璧。

这类歌谣式、大众化、普及型的字谜佳作,通俗易懂,寓教于乐,特别适合中小学生猜射和广大爱好者入门学习,值得大力提倡。

## 缺点一多千万改(6画字)仿

### 胡文明/赏析

"人非圣贤,孰能无过;过而能改,善莫大焉。"金无足赤,人无完人,大千世界,不可能存在十全十美的东西,一个人犯错并不可怕,可怕的是知道自己犯错后却不知悔改。知错并不可耻,可耻的是明明知错却不知悔改。人们常说,灯谜可以寓教于乐,这条灯谜,就是非常典型的作品。

"缺点一多千万改",谜面是句大实话,也是劝人为善之语:有了缺点别藏着掖着,千万要改掉。作者用这句话作为谜面的立意。这句话的背后意思是什么呢?作为一条灯谜的谜面,很明显,这是作者在故布疑阵。

这条谜作增损离合的手法非常明显,要猜出谜底并不难。谜眼落实在了"千万"这两个字上,"缺点一多"乃是故布疑阵,欲擒故纵,猜射时需要从反方向运用逆向思维方式。"缺点"实则是指谜底要缺少一个"、","一多"同样是指要在谜底加上个"一",这样,谜底"仿"字便是必然结果。"仿"字缺少个"、"加上"一",不正是"千万"两字嘛!

猜出一条好的灯谜,理解一条好的字谜,在获得猜出后的成就感之余,还能明白知错要改、有错必纠的人生哲理,这也许比靠生活中的日积月累才能明白来得更直接、更愉悦些吧!

## 少女冬装美如画（6画字）囡

单鑫华/赏析

作者以自撰七言诗句为面，读之音节清畅，朗朗上口，眼前如见一位妙龄少女穿着时髦的冬衣，美得就如一幅画。此谜采用增损离合手法："少女"不作原意，别解为谜底"囡"字少掉一个"女"字，剩下一"口"；"冬装"，即把"冬"装进"口"中，这样就成了"图"字。图即用绘画表现出来的形象，如图画、图像等，简言之，"图"如"画"也。谜面看似平淡无奇，手法却藏玄机，增损有度，离合清晰，技法多变，独运匠心。汪寿林老师谜界"拆字大师"之称号，当之无愧。

## 先留吕布是陈宫，后扣吕布乃操也（7画字）宋

杨耀学/赏析

面述三国演义事，取形扣之途，两句共同组出底字。吕布绝对是三国人名入谜第一，因"吕"最易移动变化他字，而"布"又能以"分布、布局"义虚化。本谜第一句是"吕""宫"的比较，析出"宀"；第二句是"扣吕"相加和"操"的比较，得到"木"。综合"先""后"，上下合成"宋"字。

本谜的新颖之处，在于两用"吕"字，且后句将"吕"部件变为横排的两个"口"；"扣"的发现，尤其高明，实想人之未想。一谜点出相关三人，以吕布为中心，且叙事准确，这是很难得的。"扣"有"擒拿"意，最后杀灭吕布的，确是曹操。而前句则大有讲究，这个细节藏在《三国演义》深处，非谙熟此书者不知此节之准、此谜之妙。陈宫似乎不是最重要的人物，但他多得到后人同情。他弃曹操

而去，与吕布结合，最后玉石俱焚，实在可叹。陈、吕的结合，恰如谜中所述，是陈收留了吕，这里涉及到张邈。吕布杀董卓后，长安大乱，吕布先后投靠袁术、袁绍、张杨，都不能立足，后投张邈。陈宫对张邈说："今天下分崩……吕布乃当世勇士……业可图也。"事见《三国演义》第十一回。当然陈宫是一种误认。本谜是谜艺与学识的结合，有丰厚的内涵和精巧的谜思，是立足于典籍故事的佳构，我们应细心领会。

## 猜谜离三尺，在旁别说话，园外走一圈，对着近处想（7画字）远

陈志强/赏析

阅此谜，不由想起一则著名旧谜来："请君猜谜，不要多言，不要走，且站在一边，对着细想"（八画字）"粗"。两者所描述的猜谜情景各有一番天地。旧谜是说，请君来猜谜，不要多说话，猜不出不要走，且站到一边去，对着谜条细细地去思量。

汪老师的谜面则将灯谜展猜的一些细节展现了出来：猜谜者离悬挂的谜条有"三尺"，他在疑神寻觅谜底之时，不想听到旁人的嘈杂之声，以免扰乱他的思路；有的猜谜者，大概是在展猜现场待的时间久了，为清醒一下头脑，便走出场去，在外面的园子里走上一圈，对着近处的绿柳红花回想着谜条上的内容，或许柳暗花明之间，一个正确的谜底就跃出在自己面前。

细观此二谜，其谜眼相同，均为那个"谜"字，旧谜是"不要多言"则去掉言字旁，"不要走"则去掉走之底，"且"字"站在一边"与前面余下来的"米"字组合成"粗"，与最后一句中的"细"字"遥对"印证。汪老师谜，"三尺"先换算成一"米"，然后"离"之，"在旁别说话"也去掉言字旁，"园"字的外面"走"掉"一圈"后剩"元"，与前面余下的走之底组成"远"，与最后一句中的"近"字遥对印证。

如要用一个成语来评价这二谜，那是"异曲同工"莫属了。

## 点滴改革见成果(8画字)单

杨耀学/赏析

谜面含义很好。我们投身改革,就是要立足于具体、细微的工作,踏踏实实地干起。须知万丈高楼,起于垒土;丰硕成果,皆由点滴努力汇成。成谜扣合,机心巧运,大出人的意料,有如传统的移动火柴游戏,谜面七字,只在"果"字上变化。"单"字与"果"字,笔画相同,仅两点位置有异。细析谜面,"点滴"象形两点,"改革"寓意字形有变化,也即笔画的位置变更。"点滴改革"就是两点移位。"见""成"二字为关联字词,不显多余,恰到好处。制谜者对汉字有深厚感情,字里字外皆谜材,点滴变化成佳构,笔序一动而味生,上下移位则得趣。成谜妙,造句亦妙。"字谜王"之谜,"果"真不简"单"!

## 明月当空人尽仰（8画字）昂

单鑫华/赏析

这是一幅"百姓翘首赏明月"的情景图。谜面为自撰七言诗句，属"独脚虎"之体例，亦称"北派谜"。"明月当空"暗示"明"字中间的"月"字应当"空"去，引申为"没有"，剩下一"日"字；"人尽仰"三字中，"仰"字是"谜眼"，即中心词，"尽"在此处别解为"完毕""一无所有"，"仰"没有了"人"剩下"卬"字，加上"日"组合成谜底"昂"字。有人会说，谜底"昂"字的上部看上去不像是"日"，而是"曰"——我特地查了几本字典，"昂"字的部首确实是"日"。纵观此谜底面关照，丝丝入扣，既富有诗情画意，又贴近生活贴近大自然，细细咀嚼，齿颊留香。

## 此人生得美丽，出言十分客气，心怀喜怒哀乐，创立安定秩序（8画字）青

胡文明/赏析

字谜创作，多的是增加（增）字素，减少（损）字素，也有谜面各字的字素离合，组合成其他的字，抑或几者参差其间，兼而有之。也有在增损离合的前提下，附加提示谜底字的读音，提示谜底字的字义等，这样也同时跟谜目上标示笔画一样，避免了产生多底的问题，手法不一而足。

字谜的字素增损离合还有一种方法，就是也比较常见的叫入和叫出法，作者通过谜面的提示，叫入某一部分，叫出某一部分，配合谜面的其他部分组合成谜底，这样的制谜方式，一般都需要配合增损离合，不然易显单调。

然而本谜却独辟蹊径，不但单独用叫入法成谜，还一口气叫入了四个。除了通过叫入的四个部首字素组成四个字外，还另外诠

释了这四个字的字义，也就避免了叫入其他字，保证了作者需要的这几个字的唯一性，这样的成谜作法，非高手莫为。

　　什么字"生出亻"会美丽？"亻"+"青"="倩"，美丽；什么字"出现言"变客气？"言"+"青"="请"，礼貌客气；什么字"怀上忄"会喜怒哀乐？"忄"+"青"="情"，心情喜怒哀乐；什么字"安上立"字会安定？"立"+"青"="靖"，安定的秩序。猜谜的时候，只要想到此人、出言、心怀和创立，就不难想到"青"字恰能组合成需要的字义，这样谜底"青"也就跃然纸面了。

　　创作灯谜贵在出新出奇，既要出新，另辟蹊径，又要出奇，不落俗套，即所谓既在意料之外，又在情理之中。单一手法成谜固然看似枯燥乏味，实则用好了也很出彩，本谜可谓是很好的例子。

## 声声乐声传凯歌（9画字）胜

杨耀学/赏析

声声不断的乐曲和歌舞声传来，似有人在庆祝胜利。本谜的意境是欢快的、舒畅的。"胜利歌声多么响亮"，"胜利"与"歌声"的联系，使我们想起1950年毛泽东的两首词均和音乐有关："万方乐奏有于阗"，"最喜诗人高唱至，正和前线捷音联"。

本谜的扣合，出乎意料，别具一格。将底字"胜"分为"生、月"两部分，分别注音（标出同音字）。"声"读"生（shēng）"，"乐"读"月"（yuè）。面句解为："声"的同声字"生"和"乐"的同声字"月"，合起来组成的字有"传凯歌"之义。

本谜须从音、义、形三方面解读赏析。

在音扣上，最新颖之处是"声声"的分解取音成了"声"字的读声，这很精彩。音扣是分开的，底字"胜"的读音则无涉及。

在义扣上,将"传凯歌"作为"胜"的字义点明,"歌"不再取"歌声"之义。本来面句的意思,歌也有声,前面乐器是伴奏,传出的是唱歌之响声,别解后"歌"融入"凯"中,脱声取义。此法打破常规,却可解释得通。

本谜初看似乎只是音义合扣,但形扣也不可忽视。"胜"分"生""月"二字,乃先从字形上分开,是音扣得以实行的先决条件。谜目标为9画,也是形扣的组成部分。总之,本谜是以形扣来启动,以音扣为枢纽,用义扣来锁定,最后再以笔画数验证。

## 跟随王能父,能多学拆字(10画字)釜

杨耀学/赏析

谜作者本人是谜坛公认的拆字大师,但他说跟随王能父学拆字,可见其尊师之德。王能父之于汪寿林,亦师亦友,系同好,也是同行。曾一起在苏州刻字合作社、苏州艺石斋。王、汪都是精通篆刻、书法的艺术

家，著名谜家。

此谜的扣合非常奇妙，非大师不能为。"跟随"，是提携字、抱合字，在下面的"王能父"三字中，"能多"，"能"字是多出来的。顺此思路，去掉多余的"能"，所余为"王父"。"学拆字"可解作"学把字拆除"，"学""字"比较，"学"顶上为三个点，"字"顶上为一个点，是两点之差。"王父"再加此两点，"釜"字可出。

此谜是汪寿林的心声，也是他的杰作。

此谜给人的启示有三。

一是增损用字的双向性。单从谜道说，"多"和"少"都能表示去除。"王能父少能"是"王父"，"王能父多能"如理解为"王能父就多了个能"，也是"王父"。作为拆字高手，玩转字句是得心应手的。

二是对常用字的比较研究，要有庖丁解牛的眼光。"学""字"的区别很多人熟视无睹，而谜作者明察秋毫。

三是有了部件，组字也见水平。"王父"的置换及上下排列需要胆识，可见其对字的结构研究炉火纯青。

谜人是和字打交道的，要有"字匠"精神。如王汪者，对每个字刀劈斧削，点描笔画，刻字、印字、写字、画字，他们是以字立身的艺术家。本谜印证了这一点。

《百年谜品》云："汪寿林的字谜赏心悦目，精美绝伦。溯其渊源，当属借鉴于王能父先生而又有变化发展者。"此言确矣，实"青出于蓝而胜于蓝"也。

## 舍南舍北皆春水（11画字）混

王钦振/赏析

谜面采自杜甫诗《客至》。汪寿林先生慧眼识珠，揣摩出《客至》首句中的"舍"系一字多义，既可作名词"房舍"，又可当动词使，含"舍去"义。而"皆春"两字又都是上下结构，正与"南北"相吻合。

鉴于此，汪先生以"皆春水"三字为本，采用别解手法，将"舍"由名词演绎成动词，故得："皆"舍"南"剩"比"，"春"舍

"北"得"日",又以"水"出"氵"。将这三个字素相加,组合成"混",出底。

以成句挂面的字谜,创作本来就难,因为底材只有一个字,周转余地甚少。以古诗名句入谜的,就更难。即使偶尔悟得,也极易撞车。往往需独具匠心,另辟蹊径。汪先生却举重若轻,信手拈来,而且离损有序,增合有致,字字落实,的确是妙手偶得,难能可贵。汪先生真不愧为"拆字大王"!

## 有了恳切心,还需主动点(11画字)琅

敖耀寰/赏析

面为转折复句,如加关联词"虽然、但是",关系更清晰。犹言处事待人,更像男女相恋。虽然有了真诚恳切之心,但是还需主动联系,亲密接触,才能相互了解,走向成功。

谜法先离后调再合。首句减形,"恳"切(去)"心"为"艮";后句调整再组合,"主"动(移)"点(丶)"至"艮"上为

"良",余"王","王"与"良"组成谜底"琅"字。

## 多少心血得一言（12画字）谜

蔡 芳/赏析

创作是很艰苦的劳动，自来立言诚为不易。以推敲著称的唐朝诗人贾岛，言其作诗之苦"二句三年得"时，竟至"一吟双泪流"。卢延让《苦吟》，直是"吟安一个字，捻断数茎须"。古人运词炼句十分讲究，王安石"春风又绿江南岸"，"绿"字凡易十数字；郑谷改齐己《早梅》诗中句"昨夜一枝开"，一字师千古美谈……真是"多少心血得一言"哪！

感叹之余，应识语中藏谜。此谜依托增损离合而成，语中疑问词"多少"，虽然没有确定的数量，但从语境来看可知其表示"诸多"（或"许多"），而在谜中却是表示增损离合的提示词："多"表增合，"少"表离损。必须看到，此谜与惯常的增损离合用法不同：其一，增损的对象（字素或笔画）没有明确指定，带有一定的随意性；其二，增损的"度"（程度）只能凭主观意会来掌握。此谜增损词"多少"作用的对象是"心血"，只能增损"心血"的笔画，"心"增一撇为"必"，"血"损一撇为"皿"，减笔合形，自产自销。"得一言"本义是找到了最确切恰当的一个字，古人称一个字为"一言"，而解谜时则应取别解义"得到一个'言'字"。于是，"路转溪桥忽见"，水到渠成，谜底"谧"字便可从"必、皿、言（讠）"三者的有机组合中求得。

　　此谜所用增损之法，不守常规，不落窠臼，独辟蹊径，巧不可阶。妙在增损笔画同形，此增彼损，移笔互补，笔画不增不减，信是天成巧合。灯谜本是娱乐休闲游戏之类的东西，一般来说对文字还不至于有过高的苛求，为数颇多的谜作者对此类文字亦是视若等闲。然而，要制出精品，岂有偶然凑巧之好事！制得此谜，又谁知"多少心血得一言"呢？

## 汇出一笔,其余结清(12画字)湛

胡文明/赏析

谜面"汇出一笔,其余结清"是一句很常见的财会用语,企、事业单位对外的资金结算都需要用到。"汇出"资金,是资金转账的一种常用说法,"汇出一笔",也就是进行了一笔资金的转账业务而已,"结清",就是说双方已经没有往来的资金账目了。

然而这是猜灯谜,灯谜不会是解释谜面原来的意思,用这样常用的财务用语做谜面,肯定和其他灯谜一样,一定是"明修栈道,暗度陈仓",是有其他的意思的。

这条谜作用了两种手法。前面是增损离合中的"损",谜面提示很清晰,也非常到位,根据提示就是去掉"一",从"汇"字的上面去掉"一","汇"字剩余部分再"结"合到"其"字上去,得到的谜底是"湛"。谜面最后的那个"清"字是不是多余的字呢?灯谜短小精悍,谜面的语言讲究字字有着落，也就是说，和谜底没有关联的空闲字不能出现在谜面上，所以，这个"清"的出现必定有其原因。只要再往细处深究，定会豁然开朗，这个"清"字非但不是多余之字，还是全谜的点睛之处，是全谜的亮点，前面七个字的叙述都是铺垫，都是为了叫出这个"清"字——"湛"字的字义，不就是"清"吗？这就是本谜的另一个扣合手法，提义。前面提示猜中的字，后面再说出这个字的字义，这样谜底就具有了唯一性，不至于猜出其他不同的答案。

先以增损离合猜出字谜谜底，再以这个字的字义来验证谜底是否正确，猜谜就是这样有滋有味，这也是灯谜吸引人的地方。

### 环环必扣紧，个个不落空（13画字）瑟

敖耀寰/赏析

复句表递进关系，犹言射击运动，也喻各项工作不但要循序渐进，环环扣紧，而且要步步落实，也就是"个个不落空"，显示了

不尚空谈、实干兴邦的积极向上精神。

谜法先合后离。前一分句,先将"环、环、必"三字素"扣紧"(合形);后一分句,再将"个个不"(即两个"不")的字素"落空"(减形),"瑟"字跃然而出。此谜如玩魔术,叫入叫出,让人眼花缭乱,又严丝密缝,难寻破绽。

### 吟安一个字,捻断数茎须(13画字)颔

王钦振/赏析

谜面采自唐·卢延让的诗《苦吟》。经过汪先生的巧思妙想,将左右结构的"吟"调整为上下结构的"含",又将"茎"象形成长条形的东西(《现代汉语词典》中的第3义),并以"数茎"出"彡"。将"须"中的"彡""捻断",剩"页",再把前后两句之所得相加,便成了"颔",多巧啊!可以想象,为作此谜,汪先生也是反复揣摩,悉心推敲,捻断数茎须了吧。

该谜面的前一句,虽只用到一个"吟"

字,其他四字也并非多余——"安",被别解成"安插、安装"义,使得"吟"转换成"含";由于"安"的别解,"一个字"便不言自明了。该谜将成句另辟蹊径,另作新解,真是巧夺天工。

## 听装东西,一月过期(15画字)嘶

敖耀寰/赏析

面为解说复句,似产品说明书或商家告示。听装东西,多为食品,如饮料、罐头等。一月过期虽有点夸张,但超过三月、半年肯定就不能吃了。谢谢汪老师提醒,要求食品新鲜,预防"腐败",买此类商品一定要注意先看生产和保质期。

谜法先分后合再离。前句提示,将"听"之部件分开装(安置)于东西两边,即"斤"在东(右)边,"口"在西(左)边;后句提示,将"期"之"月"旁消去,谓为"一月过期",余"其",便进入已分列东西的"听"字中间,合成谜底"嘶"

了。听装"东西"就是食品,此谜为何不称食品而叫"东西",其中奥妙就在于,"东西"要在谜中起示位移形作用,倘若更换,就不能成谜了。这也是创作离合体灯谜要对字形变化熟练掌握运用的关键之处。

## 毒品,染上容易;害人,只要远离
(多笔画字)豁

陈志强/赏析

在一些公共场所,我们常会看到一些禁毒和劝诫人们不要接触毒品的宣传语及警示语,诸如"毒品染上容易戒掉难""毒品害人,警惕远离",等等。细心的读者可能已经发现,这两条警示语与上谜的谜面颇为相似。是的,本谜作者正是一日上街看到一幅禁毒宣传画,画面上有类似的警示语,遂萌生了作一条禁毒题材灯谜的念头。经过几天的苦思冥想,才得了此谜。现在,我们观此谜,觉得拆字清晰,手法颇为纤巧别致:谜面上句"毒品"两字之上半部,添"容"字更易方位,组合之便为谜底;谜面下句,"害人"两字颇为显露,再将"只"字上下"远离",拼在"人"字上下成"谷",左右合之,又复扣谜底。人说离合法谜制者难猜者易,特别是谜面上下两句双扣谜底者尤甚。

依笔者看来,此谜不仅是双扣,还是"三扣","豁"本身带有"裂开"的意思,而且"豁"在吴方言中还有事情"坏了""不好了"的意思,如"豁边"是苏州人、上海人的口头禅,染上毒品,肯定家庭破裂,事情"豁边"。

此谜有这么多优势,获得 2009 年中华灯谜学术委员会"雁云灯谜作品奖"当是实至名归,无愧也!

# 后　记

此 300 条字谜，是从汪寿林先生从谜 60 年来的创作作品中精心挑选出来的。选谜时候，既顾及到大众尤其是各地学生的猜射水平，还要尽量符合传统灯谜的扣合原理，又要能体现出汪寿林先生字谜所特有的对"精""新""巧"的追求。

"精"是指汪寿林先生对字谜扣合的精益求精——对每个常用字的字素、笔画能做到了然于胸。用他自己的话来说，就是因为平时刻章的缘故，对每个字的字素笔画安排要求甚高，常常为一撇一捺而煞费苦心，长年累月下来，创作灯谜的时候倒也获益颇丰。如：早期作品"添个小数点，加减乘除全（7画字）坟"字谜，近年作品"沪市股票，落两点升四点，股票抛出（14画字）漏"，两条谜作都是围绕着"点"做的文章，尤其是后者，谜底"漏"字的七个

"、"安排得稳稳当当,一气呵成,毫不拖泥带水,堪称精品。

"新"是指汪寿林先生从不满足于已有的成就。灯谜作品一旦面世,便成了过去式,如果没有一直创新的追求,面临的便是同质化作品,所以离合手法的创新,思路的与时俱进至关重要。这样的创作思路,从本书的300条字谜作品中,灯谜爱好者当可窥一斑。如:"此人生得美丽,出言十分客气,心怀喜怒哀乐,创立安定秩序(8画字)青"。谜面四句话,叫出"亻、讠、忄、立"四个部首后,与谜底组合成"倩、请、情、靖"四字,正好是每句话后四个字的字义,此种扣法已经引领了当今新潮,于趣中见新意,然创作起来难度极大。此类谜作书中尚有类似,读者不妨慢慢揣度。

"巧"是指汪寿林先生一贯的创作风格,也是精髓所在。灯谜作品,尤其是离合体灯谜,最忌生搬硬套,无中生有。在本书中,多的是各种灯谜创作的体例和手法,各种题材也是五花八门,层出不穷,然而唯一不变的是"巧"字贯穿始终。精巧也好，灵巧也罢，总之我认为有些作品用"巧夺天工"一词来形容，也是不为过的。如近年作品"毒品，染上容易；害人，只要远离（多笔画字）豁"，两句警示语挂面，分别扣出同样的一个字，同样的丝毫不露痕迹，真乃神来之谜。再从早年的作品"翻开日记写人生（10画字）借""善始善终一片心，一心只图翻个身（9画字）总"等看过来，可见"巧"是汪寿林先生作品的一贯风格。

本书中的字谜作品，除了上述主要的三个特点外，灯谜的趣味性、时尚性、文化性，同样是汪寿林先生所追求的，灯谜爱好者可以从本书中充分领略到这位"拆字先生"的作品的魅力。

《汪寿林字谜300》选谜广泛，可读性较强，有适合一般刚入门的灯谜爱好者猜射的谜作，也选用了一些难度较高的谜作，以适应水平较高爱好者的鉴赏需求。总之，本书作为一本专门的字谜读物，希望能被广大爱好者接受。当然我们也诚挚地希望广大爱好者能提出宝贵的意见和建议,使我们能更好地为爱好者推介更多的字谜精品力作。

胡文明<br>2019年3月10日